ひごとに

飯野正行第3詩集

ポエムピース

生活のすべても
祈りも
涙と愛も
そして
母への想いも
すべてはひごとに新しい…

生活

朝の儀式——10
朝はパン——12
綿ごみ——14
ぼくの悩み——16
いつものお姉さんのところに——18
草刈り——20
田舎司祭——22
洗濯おじさん——25
ごみ出し——28
水落とし——30
班長——32

移動

丸瀬布から——36
ワゴンサービス——39
車窓から…——42

街中

札幌駅の朝——46
ウインナーコーヒー——49
行き交う人々の中で…——52
物語のある道——54

祈り

小高い淋しいところに…——58
わたしは道——60
月曜日のくつろぎ——62
教誨師——64
パンと葡萄酒——66
貧しい人は幸い——68

涙

ぼくは泣きました…——74
切れぎれの物語——78

愛

ぼくと神さま――79
パウチを伸ばして…――80
白い約束――84
消え入りそうに…――85
プラタナスの道――86
雪の白さが切ないのは――88
君へ――90

母

男鹿の海女——92
静寂の朝——94
母はいつも…——98

生活

朝の儀式

顔を洗うとき
タオルを湯に浸す
幼ない頃からだ

歯を磨く
顔を洗う
電気シェーバーをあてる
化粧水はつけるときも忘れるときもある

タオルを湯に浸すと
小さな泡ぷくが出る
このぷくぷくに耳を傾ける
一日が始まる前の
祈りにも似た
朝の儀式だ…

朝はパン

目玉焼きにウィンナー
野菜炒め
少量のフルーツとヨーグルト
もちろんコーヒーは淹れる
インスタントのときもあるけどね
毎朝のメニューだ

野菜はなぜか椎茸、ピーマン、キャベツ

温野菜のときは人参、オクラ、ブロッコリー
パンはいつも生協の六個入りのもの
二個ずつ食べるので三日もつ

今まで味の素と醤油をかけて食べていたけど
最近、塩コショウのほうが旨いと感じる
野菜が足りなくて
キャベツの千切りだけのときもあるけどね

単身赴任のおじさん
今日も同じメニューで一日が始まる…

綿ごみ

綿ごみってどこから来るんだろう
部屋の隅に必ずいる

よく見ると
髪の毛だったり
輪ゴムだったり
サプリの粒だったり
丸まった小さな紙切れだったり

何かの食べかすみたいなのがあったりなんだけど
綿みたいなのが圧倒的に多い

衣服の擦れたものかな
布団から出たのかな
よくわからないけど
いつも一緒にいてくれる

こんなことを言ってると
また妻に怒られるから
掃除機でもかけるとするか
ちょっとだけね…

ぼくの悩み

スリッパが破れる
どうしてかな
安ものだからかな
足を前に入れすぎるのかな
そんなに履いてないのに
すぐに破れる

前のほうがだらりとさがって歩きにくい

カーペットに挟まって危ないし
階段なんかはメッチャやばい
新しいのを買えばいいじゃないか

ぼくもそう思う
だけど
またすぐ破れるような
気がするんだよね…

いつものお姉さんのところに

今日も生協
買う物はだいたい同じ
四個入りの卵と六個入りのパン
シャウエッセンというウィンナーに
ガセリ菌入りのヨーグルト
フルーツと野菜も少々
甘いお菓子だけは絶対に忘れない
夕食の分はもっぱら惣菜コーナー

今日もいつものお姉さんのところに並ぶ
「暑いね」
―「ほんとに」
「暑いのと寒いのどっちが苦手？」
―「寒いほうが苦手です。すぐ風邪ひいちゃうんです」
お姉さんと少しでもお話しできた日は
帰り道がなんかうれしい…

草刈り

小石が飛ぶ
ゴーグルをしても頬に当たる
立て看板の足に線がからむ
でも最近
短く刈ることができるようになった

歩行者や車、建物などに注意する
小石が当たらないように

この間
家の近くまで小石が飛んで来た
と文句を言われた

空き地は草刈機で二時間
愛車のところは手で一時間

やり終えると誇らしい気持ちになる
誰も見ていないいんだけどね…

田舎司祭

老司祭が雪かきを始めた
教会の玄関前を
丁寧に、スコップで、黙々と

司祭館の玄関前は大変そうだ
重機がおしていった氷の山を
砕きながら
離れた所へ

足を滑らせながら運んでいる

裏のほうは
屋根からの落雪でとても狭くなっている
借りている空き地は広く
重たい雪がとてもきつそうだ

大荒れの日は
下から吹きつける雪で顔は歪み
鼻水や涙も凍る

作業を終えて暖炉の前に腰を下ろすとき
冷たく痛む指先を温めながら
火の明るさと
薪のパチパチと燃える音に耳を傾けながら
ほとんど幸福ともいえるものに
彼は包まれる…

洗濯おじさん

夜な夜な洗濯を始める
二つもボタンを押すのだから全自動じゃない
などと思いながら

いろいろ設定できるようだが良くわからない
ボタンを押すと「ピっ」と鳴り
終ると短かなメロディーが鳴る

かごに移してリビングに干す
部屋の境目にハンガーがかかる
洗濯バサミがいっぱい着いてるやつには
パンツと靴下を干す

乾いても取り込まないことが多い
なんか面倒ください
だから部屋の中には
堅く乾いた洗濯物が
いつもぶら下がっている
そこから引っ張り取って
また着たりしてね

冬はストーブを点けるので
一晩で乾く…

ごみ出し

月曜日はプラスチック製容器包装の日
火・金曜日は燃やすごみの日
第2・4水曜日は燃やさないごみの日
木曜日は資源ごみの日
わが街はこう決まっている

燃やすごみと燃やさないごみは有料
あとは半透明の袋

絵入りの説明書を貼ってあるんだけど
なんど見ても良くわからない
心をこめて分別しても
シール貼られて置いて行かれた

朝八時半までなんだけど
七時頃には出さないと入らない
関係ないときに良く入っているけど
誰かがこっそり持って来るようだ

朝早いけど明日も出してみよう
またいいことがあるかも知れない…

水落とし

冬の厳寒時には水落としをする
凍結すると水道管が破裂してしまう
すべての水を出して元栓を閉めればいい
実際にはそう簡単ではない
湯沸し器から水を出す
流し台の水を出す

男子トイレの水を出す
トイレ手洗いの水を出す
女子トイレにある止水栓を下げる
トイレ手洗いの下のバルブを開く
湯沸し器の水を抜く
湯沸し器につながるバルブのキャップを外す
トイレ手洗いの下のS状管の水を抜く
これを毎回やる
水出しはこの逆をするわけだ

北国の冬は
いつもこんな感じさ…

班長

また班長になった
町内会のね

私も留守が多いので
楽勝というわけには行かない
とは言っても
町内会費の徴収と回覧板
月一の広報配布くらいだけどね

広報は会長が持って来て班長が配る
今回は奥様が持って来られた
体調を崩されているのだろうか

広報を一軒一軒郵便受けに入れる
この家に平安があるように
と祈りながらね

今日も
回り終えた回覧板が
玄関のとってにぶら下がる…

移動

丸瀬布から

札幌へ行くとき
暖かな季節なら車で行く
飛ばしてノンストップで行けば
北見からなら四時間半
網走からなら五時間半
トイレに寄ったりするので
実際はもう少しかかる

もちろん高速で行く
山道を抜けて
丸瀬布から高速に入る
有料になるのは比布ＪＣＴからだ

季節により
深い緑や紅葉を
山々の白い頂を楽しむ
覆面に止められている車を横に見ながらね

だけど最近
ＪＲで行くことが多くなった

本も読めるし寝ても行ける
年をとったと認めろよ
と笑うだろうか…

ワゴンサービス

ＪＲに乗るのが一つの楽しみ
あの車内販売がいい
ワゴンサービスのお姉さんが入って来ると
よっしゃ、と思う

長距離なのでちょっとしたお菓子や
淹れたてのコーヒー
お昼の弁当を買ったりする

混んでて弁当が売切れのときは
ちくわや栗なんかを買う

揺れに足をとられながら
お姉さんはワゴンを押す
買うときの
ちょっとしたやりとりが
おじさんの楽しみ
隣りの車両に移るときにお辞儀をするのだが
目が合うと得した気分になる

ワゴンサービスは今はない

淋しい限りだ……

車窓から…

車のいいところは
時間をあまり気にせずに出発できること
玄関から玄関まで行けること
着いてからの移動も楽なこと
一人の空間を楽しめることだ

ＪＲも引けをとらない
車と違って寝て行ける

本も読める
ワゴンザービスのお姉さんと
語らうこともできる

何より
ニセコの水に喉を潤し
車窓の流れ行く景色を眺めながら
詩のささやきに耳を傾けることができる…

街中

札幌駅の朝

ホテルを出て
石畳の上を札幌駅へ向かう
朝の構内は臨戦体制
職場へ向かう大勢の人々で
なかなか向こうへ行けない
雰囲気も凛としている

私はいつもの待合所にすわる

ここは少し感じが違う
ストーブの前でじっと動かない老人
菓子パンをかじる女学生
向こうのテレビに見入るご婦人
スマホを見つめる青年など
どこか時が止まっている

時間が来たので上へあがる
列車が入る
中は暖かでとても空いている

アナウンスのあと

重々しく
ゆっくりと動き出す
雪が舞い始める…

ウインナーコーヒー

店内にはジャズが流れ
めずらしく煙草の煙が漂い
声のトーンや雰囲気が
ここは大人の場所だと主張している
茶色く重たい木のテーブルに
クラシカルな椅子が置かれている

「正行、ウインナーコーヒーって知ってるか」

「知らないよ」
「コーヒーの中にウインナーが浮いてるんだ」
「ふーん、大人って変なもの飲むんだね」
兄の照れくさそうな笑顔を懐かしく想い出しながら
私はウインナーコーヒーを頼む

大人の世界もそう悪くはない
傷を負いながらも
この世界のただ中で頑張っている…

行き交う人々の中で…

道庁の門のところから駅前通まで
茶色いレンガが広く敷きつめられ
おしゃれなカフェが並び
イチョウ並木がノスタルジックに続いている
恋人たちや観光客は思い思いに写真を撮り
テレビ番組であろうか何かの撮影が行われている

行き交う人々の中で

一人の人が立ち止まり
赤れんがテラスのほうに目をやる
そして
一つ溜め息をつき
コートの襟を立てて
背を丸めて
また歩き出した

冬は純白の広場となり
並木のイルミネーションが
どこかせつなげに煌めく…

物語のある道

カテドラルを出ると
広い通りの手前に
ポプラ並木の中通りがある
私はいつもこの道を通って帰る

幼ない頃からポプラが好きで
包まれているような
受け入れられているような

そんな心もちになる

来る時もたいていここを通るので
たくさんの物語がある道だ

緊張の道
ほっとする道
不機嫌な道
ハッピーな道
孤独の道
ただ何気ない道
悲しみの道

懺悔の道
そして何より
限りなくやさしい道…

祈り

小高い淋しいところに…

小高い淋しいところに
ホームはある

行き場を失った子どもたちが
悲しみと混乱を担いながら
一緒に暮らしている

ここに来る子どもたちは
普通の生活を経験できなかった

そして
必死に生きている

ここにいると
愛と悲しみの違いがわからなくなる

お茶碗を洗い
物思いに耽りながら
私はストーブの傍に横になる
すると
幼ない女の子が
毛布を掛けてくれる…

わたしは道

道
旧約の言葉では「踏みつける」
A地点からB地点まで行く時に通る
足の裏で踏みつけて行く地

行き場を失い
二進も三進も行かなくなった子どもが
人生のある期間を

足の裏で踏み行く道となる
それが里親

子どもたちよ
幸せになってね
切ないほどに幸せになってね…

月曜日のくつろぎ

司祭は日曜日が本番
ほんとは毎日が本番

一日に何度かお祈りをする
世界のため、教会のため、
心と体と暮らしの上で悩みのある方々のため
病める方々や関係者をお訪ねする

祈り会や学び会やいろいろな集いを導く
環境整備や地域の方々との関わりも大切

次の日曜日のお話の準備や
週報その他の印刷物
教区や施設や対外的な働きもある

日曜日が終わってからの一週間が
日曜日よりも忙しいことが多い
と知る人は意外と少ない

でも今日は月曜日
ゆっくりとくつろごう…

教誨師《きょうかいし》

刑務所へ行き
受刑者の方々と共に祈る

五十分間の中で
共に聖歌を歌い
簡単な式文で共に祈り
聖書を読み
お話をし
質疑応答の時を持ち

受刑者のために祈り
刑務所職員のために祈り
十字を切って祝福を祈り
聖歌をまた歌って終える

お話は
聖職者の説法というより
罪人の一人として
生きずらさを感じている者の一人として
自分自身の破れから語る

どれほど役に立っているかわからないが…

パンと葡萄酒

最後の晩餐で
あのお方はパンを取り
言われた
「取って食べよ。これはわたしの体」
葡萄酒も同じようにして
言われた
「この杯から飲め。これはわたしの血」

パンと葡萄酒を
キリスト御自身のいのちとして
食し続けよと

あのお方は
一片のパン、一滴の葡萄酒となって
私のいのちとなるというのか
ご自身の姿は失われて

こんな生き方があるのか…

貧しい人は幸い

キリスト様は
山の上で大切なお話をされた
それは「貧しさ」から始まる
「貧しい人は幸い。
神の国はあなたがたのもの」

きっとあのお方は
私のための働きを

私の中の「貧しさ」から始められる
キリスト教の原型には旅がある
旅につきものなのは「疲れ」

疲れ
それは限界の体験
そこをさしているのなら
私の中にも貧しさはある

そこから

貴いことが起きるに違いない
貧しさだけが持つ力があるに違いない

私の中の
最も疲れている部分に
あのお方は意味を与える

「貧しい人は幸い。
神の国はあなたがたのもの」

涙

ぼくは泣きました…

～被災地支援活動の四行詩～

＊

海が壁となって迫りました
グランドピアノがひっくり返りました
記憶の一部を失いました
ぼくは泣きました

＊

体の不自由な夫と逃げました
流れて来た女性を助けられませんでした
何度もごめんなさいと言って逃げました
ぼくは泣きました

＊

泥だらけのカップ麺を拾って来ました
聖職者のカラーに
その人の顔は引きつりました
ぼくは（心の中で）泣きました

＊

突然激しく揺れました
網戸は飛び
轟音と火花でいっぱいでした
ぼくは泣きました

＊

瓦礫の中を走りました
午後二時四十六分になりました
すべての車が止まりました
ぼくは泣きました

＊

避難所から避難所へ走りました
支援物資を届けました
ぼくを見ただけで泣く人がいました
ぼくは泣きました

＊

有り難うございました
一番恐ろしい時に一緒にいてくださって
被災地を発つ時に言われました
ぼくは泣きました…

切れぎれの物語

灯される
幸せの
片すみにある
切れぎれの物語…

ぼくと神さま

消えてしまいたいとき
血の気が引くとき
いのちの軋みの中で
ただ震えるほかないとき…

パウチを伸ばして…

朝早くトイレへ行き
パウチを伸ばして便を出す
膝と便器の狭い間に
便は流れ落ちる
こうして一日が始まる身になるとは…

便器を汚してしまったときには
ペーパーで何度も拭き取り

あそこに付いてしまったときには
自分の部屋でも濡れティッシュで拭う

でもあの頃の苦しみを思えば
今は天国なんだ、きっと

鼻から二メートル六〇センチの管を入れ
濃やガスを出し
一九日間の禁食の後に五時間の手術
術後の激しい目まいや
蠕動運動の苦しみを思えばね

あ

また便器が汚れてしまった…

愛

白い約束

愛は
闇の中に佇み
白い孤独を照らしながら
光の中へ…

消え入りそうに…

愛は
ためらいがちに
消え入りそうに
歩み寄る…

プラタナスの道

プラタナスの道を
ひとり歩く
切り株は痛々しく
小枝は震え
電線がかすかに音をたてる

きみは頑張り屋さんだから
そんなこと言われると泣きそうになります

風は首すじに冷たく
空は灰色

私ほんとは泣き虫なんです
黙って頷いたっけなぁ…

冬に耳をかたむけ
コートの襟を立てる
プラタナスの道は
やさしく悲しい

雪雲が春を憧れたのか
少しだけ青空が見え始める…

雪の白さが切ないのは

雪の白さが切ないのは
君を想い出すから

雪の白さが切ないのは
泣きそうな瞳で微笑むから

雪の白さが切ないのは
木陰から妖精が見つめているから

雪の白さが切ないのは
ひょこたんと立って首だけ曲げるから
雪の白さが切ないのは
その頬を想い出すから
雪の白さが切ないのは
限りなくやさしいひと時だったから
雪の白さが切ないのは…

（札幌ポエムファクトリー・アンソロジー『振り向けば詩があった』所収）

君へ

麗しく
痛ましく
愛おしく
君へ…

男鹿の海女

秋田は男鹿の生まれ
海女だったので潜りはうまい
明るい性格で
いつも笑っていた
緑色が好きで
カーテンもレザーも緑っぽいものばかり
日本舞踊の名取りで
手ぬぐいを振る姿を覚えている

普段でも着物姿が多かった

料理はある物でなんでも作る
私の大好物はコクのあるカレーライス
何杯もおかわりした
大根の味噌汁も大好きで
蕗の油炒めは最高
たまに林檎を煮詰めたものを作り
部屋中に甘い薫りが漂っていた…

静寂の朝

母さんは
お腹からいっぱい血が出ました
癌の「第三期」って言ってました
放射線というのをあてました
お腹はそのままで下の毛布が焦げました
いつも洗面器に吐きました
ぼくがそれを捨てていました
味がわからなくなってきたって言ってました

唇と舌がごわごわになっていました
一時元気になって退院しました

西瓜を食べているとき
茶の間で倒れました
口から黄色い泡が出てきました
目が白くなりました
病院で母さんの体は動きませんでした
注射の針を刺してもピクリとしませんでした
少し元気になって行きました

母さんが危ないと電話がきました

骨が邪魔でそれ以上痩せられませんでした
心配しなくていいんだよ
大丈夫だからねって母さんは言いました
個室に移されました
母さんは何もわからなくなりました
外はひどい嵐でした
定期的に体がぴくぴくしました
溶けた内臓が鼻から吹き出ました
正視できない苦しみがそこにありました

次の日の静寂の朝
母さんは静かに逝きました…

母はいつも…

母は
いつも手をつないで歩いてくれた
いつも風邪薬は蜜豆缶のつゆで飲ませてくれた
いつも親戚の家に行く時には
着く前にペンシル・チョコを買ってくれた
いつもピクニックに行ってくれた
いつも成吉思汗のたれを美味しくしてくれた
いつもカレーも蕗の油炒めも

大根の葉の味噌汁もとても美味しかった
いつも好きな女の子の話を聴いてくれた
いつも一緒に寝てくれた
いつも膝に抱っこしてくれた
いつも笑ってくれた

死にゆくわが身を知りながら
一番末の子の私のために
柔道着を買ってやりたいと兄に言っていた
母は
いつも
泣きたくなるほどやさしかった…

——亡き母、飯野テルに捧ぐ

飯野正行（いいの・まさゆき）

詩人、日本聖公会司祭

1957年（昭和32年）4月17日札幌生まれ。小学6年生のときに母を亡くし、高校2年のときに父と2人で引越した当別町字高岡での経験が詩的感性に大きな影響を与えた。同時期にキリスト教の洗礼を受ける。

高校卒業後、多くの職に就いた。この頃の経験や高岡での暮らしを題材に、後に数十篇の詩が生まれた。

神学校は北海道聖書学院卒業。京都ウイリアムズ神学館修了。

東日本大震災の時には被災地支援活動に従事。

6年間の里親生活を経て、2012年（平成24年）網走市潮見に『ファミリーホームのあ』を開設。夫人が代表者となり幼な子たちと生活を共にしている。

釜石神愛幼児学園園歌『釜石の天使』作詞者。

2016年9月、第1詩集『こころから』、2018年4月、第2詩集『せつないほどに』を出版。本書は第3詩集である。

ひごとに

飯野正行第3詩集

2020年4月17日　初版第1刷

著　者　飯野正行《いいのまさゆき》
発行人　松崎義行
発　行　ポエムピース
東京都杉並区高円寺南4-26-12　福丸ビル6F
〒166-0003
TEL03-5913-9172　FAX03-5913-8011
装　幀　洪十六
印刷・製本　株式会社上野印刷所
落丁・乱丁本は弊社宛にお送りください。送料弊社負担でお取り替えいたします。

ISBN978-4-908827-63-1 C0095